# LE TREMBLEMENT DE TERRE

### DE LA

# GUADELOUPE

## Par ESCODECA.

**Prix : 1 f.**

### SE VEND A BORDEAUX,

Chez Charles LAWALLE, libr., allées de Tourny, 52 ;

Chez CHAUMAS-GAYET, libr., fossés du Chapeau-Rouge ;

Et à l'imprimerie de H. GAZAY, rue Gouvion, 16.

# LE TREMBLEMENT DE TERRE

DE

# LA GUADELOUPE.

# LE TREMBLEMENT DE TERRE

DE LA

# GUADELOUPE

Par ESCODECA.

---

**Prix : 1 f.**

## SE VEND A BORDEAUX,

Chez Charles Lawalle, libr., allées de Tourny, 52 ;

Chez Chaumas-Gayet, libr., fossés du Chapeau-Rouge ;

Et à l'imprimerie de H. Gazay, rue Gouvion, 16.

## 1843

# AVANT-PROPOS.

Quand l'imagination se représente le tableau d'un tremblement de terre, elle en cherche la cause dans les rigueurs de la vengeance céleste. Pour elle, les lois éternelles de la nature disparaissent, et font place à tout ce qui se rapporte aux idées de courroux, faisant ainsi de Dieu, qui est la suprême bonté et la suprême justice, un être toujours colère. C'est une conséquence fausse et que tous les bons esprits devraient chercher à détruire.

Malheureusement il n'en est point ainsi.

L'irréflexion l'emporte presque toujours sur la raison, et on entend chaque jour des hommes dire publiquement que si la Pointe-à-Pître a été renversée de fond en comble, c'est parce que Dieu a voulu la punir [1]. Ils assimilent ainsi cette malheureuse ville aux villes coupables de la Bible, qui furent réduites en cendres par des anges exterminateurs, mais seulement lorsque leurs habitants eurent résisté à tous les avertissements célestes pour continuer à vivre dans la débauche et l'infamie. On n'a pas entendu dire que la Pointe-à-Pître fût arrivée à cet état de déplorable dépravation.

Dieu a voulu se venger !.... L'homme, confondant la justice et la vengeance, oubliera-t-il donc toujours qu'il n'a que la

---

[1] Entr'autres un célèbre prédicateur de Paris, dans un sermon sur cette épouvantable catastrophe.

jouissance de cette terre ? qu'il choisit le lieu
de sa demeure selon qu'il y trouve le plus
d'avantage? qu'il bâtit les villes où il lui plaît,
creuse les canaux, établit les routes à sa con-
venance, et se fraie un passage à travers
toutes les difficultés de la création ? Mais
pour cela prend-il des conseils auprès de la
Divinité? Est-ce Dieu qui détermine les lieux
où doivent s'élever les villes ? Non, sans
doute. Alors pourquoi le peindre comme colère ou vengeur lorsque les lois qui gouver-
nent le monde de tout éternité, font sortir
des profondeurs de la terre la lave du vol-
can, et ouvrent des abîmes où tout s'englou-
tit ? Ah ! plutôt considérons ces bouleversements comme le témoignage le plus éclatant
de notre faiblesse, puisque nous sommes im-
puissants pour prévoir les révolutions sou-
terraines qui s'opèrent sous le sol que nous
foulons !

Mais que ces formidables catastrophes deviennent pour nous un sujet de charité. En donnant nos regrets et nos larmes à ceux que la mort a frappés, venons en aide à ceux qui ont survécu. Ils sont sans asile et sans pain ! L'homme doit à l'homme aide, secours et protection. Que ce ne soit pas en vain que nos frères d'outre-mer aient les regards tournés vers la mère-patrie.

# LE TREMBLEMENT DE TERRE DE LA GUADELOUPE.

> Je réduirai tes villes en cendre.
> (Ezéchiel.)

Hélas ! HUIT FÉVRIER ! jour de deuil, de souffrance,
Où sur la Guadeloupe, une sœur de la France,
    La mort leva son bras cruel,
Tu brilles désormais dans nos tristes annales,
Lugubre météore, aux lueurs sépulcrales,
    Parcourant son orbe éternel.

Tu te levas serein !.... La nature paisible
Semblait se reposer, et, d'un réveil pénible,
    Rien ne présageait la douleur !
Pourtant l'homme, accablé d'une terreur secrète,
Frissonnait éperdu ; dans son âme inquiète,
    Murmurait la voix du malheur !

Chaque souffle de l'air renfermait un mystère !
Chaque heure, en s'écoulant, avait un caractère
    De tristesse et de désespoir !
Le vague de la peur s'imprimait dans les âmes ;
Tout tremblait, les vieillards, les enfants et les femmes,
    Sous un invincible pouvoir !

Que va-t-il se passer ? Couvert d'un voile sombre,
Le soleil obscurci va-t-il s'éteindre ? L'ombre
    Va-t-elle remplacer le jour ?
De la nue en courroux voit-on jaillir la foudre ?
Sous le fier ouragan tout va-t-il se dissoudre
    Et s'anéantir sans retour ?

Pourquoi cette frayeur lorsque tout est tranquille ?
L'ouragan est muet. Dans les champs, dans la ville,
    Règnent le calme et le repos.
La nue est sans éclairs... D'un sinistre présage
Pourquoi s'épouvanter ? La tourmente et l'orage
    N'ont pas ébranlé les échos !


Pourquoi s'épouvanter ?.... D'une voix redoutable,
L'homme n'entend–il pas l'angoisse lamentable
    Parler à son cœur attristé ?
D'un noir pressentiment la puissance cruelle
L'opprime... et, malgré lui, d'une heure solennelle
    Il attend la fatalité !....


Tout à coup, ô terreur ! un bruit part de la terre,
Semblable aux longs éclats d'un immense tonnerre
    Roulant au milieu des éclairs !
Le monde avec effort s'ébranle sur sa base,
Et le sol bondissant se déchire et s'évase
    En agitant ses flancs ouverts !

La flamme souterraine, et la fumée et l'onde
S'échappent, à longs flots, de cette nuit profonde,
    Comme un volcan impétueux !
Leur lave mugissante allume l'incendie
Qui va se réfléter sur la vague engourdie
    De l'océan majestueux.


O qui peindrait l'horreur de cet instant suprême !
Tout s'écroule et se brise ! En ce péril extrême
    Vainement l'homme fuit son sort !
Sous ses pas incertains se creusent les abîmes !
Partout c'est le néant ! Et les cris des victimes
    Bientôt s'éteignent dans la mort !


La ville n'offre plus que des clameurs bruyantes,
Que débris entassés, que lueurs effrayantes
    Eclairant un vaste tombeau !
Mais seule sur sa tour, marquant l'instant funeste,
Une horloge arrêtée est debout ; elle reste
    Pour dire l'heure du fléau !....

## II.

Dieu créateur, qu'ils sont terribles
Tes impénétrables secrets !
Des bouleversements horribles,
Enveloppant tes saints décrets,
Répandront-ils toujours l'épouvante et la crainte,
Et la création doit-elle être contrainte
A se flétrir dans les regrets ?

Hélas ! ta sévère justice
Frappe et détruit l'humanité !
Le bonheur, déité factice,
Fuit de notre cœur agité ;
Tandis que la nature, incessamment féconde,
Renouvelle sa tige et parfume le monde
Dans sa fertile majesté !

L'homme, semblable à la rosée,
Peut-il compter sur un matin ?
A ses courts instants imposée,
La douleur, dans chaque festin,
Empoisonnant ses jours et consumant sa vie,
Jette le désespoir à son âme asservie
Aux lois cruelles du destin !

Les cités, croulant dans les larmes,
S'évanouissent dans le deuil !
Toujours de nouvelles alarmes !
Chaque minute a son écueil !
Et le temps implacable, en sa course éternelle,
Moissonnant des humains la famille mortelle,
Fait de la terre un froid cercueil !....

# III.

Muse des noirs cyprès, viens inspirer ma lyre !
Retrace à mon esprit les tourments, le martyre,
    Qui marquèrent le jour fatal
Où de la Pointe-à-Pitre, aux ruines fumantes,
On vit sortir des flots de laves écumantes,
    Comme d'un cratère infernal !

Que de rêves éteints dans cet immense drame !
Que de jours parfumés ont vu briser leur trame
    A l'aurore de leur printemps !
Combien la mort avide a fait tomber de têtes !
Comme elle a transformé les banquets et les fêtes
    En cris plaintifs et sanglotants !


Que de liens rompus !,. Ici, la tendre mère,
Dans la morne stupeur d'une douleur amère,
    Interroge chaque débris ;
De son unique enfant elle cherche la trace ;
Son amour la conduit ; bientôt elle n'embrasse
    Que des traits par la mort flétris !


Là, rose de pudeur qu'attendait l'hyménée,
D'un ange aux yeux d'azur la cendre infortunée
    Repose sur le sol brûlant !..
Vierge, reporte au ciel ta pudique couronne !
Dieu t'attend !.. Vois briller ta place qu'il te donne
    Près de son trône étincelant !

Ailleurs, c'est l'orphelin errant dans les décombres.
On dirait un mortel dans le séjour des ombres
    Remplissant un pieux devoir !
Un déluge de pleurs inonde sa paupière,
Et son cœur oppressé demande à la poussière
    Des dépouilles qu'il veut revoir !


Plus loin c'est une épouse... Ah ! respectons ses larmes !
D'une douce union elle goûtait les charmes,
    Confiante dans l'avenir.
Son amour s'éclairait d'une suave aurore...
Pauvre feuille tombée ! elle se décolore,
    Car son bonheur vient de finir !


Mais quel est ce vieillard dont la tête argentée
Par de nombreux hivers, se balance agitée,
    Comme un saule battu des vents ?....
Sur ce vaste sépulcre, en pleurant sa famille,
Il attend le trépas, dernier espoir qui brille
    A la misère des vivants !

Place ! place à la foule incessamment grandie !

Elle emporte la cendre, à peine refroidie,

    Du riche plein de charité.

Derniers et saints honneurs des tristes funérailles,

En montant vers les cieux, germez dans nos entrailles

    Comme un parfum de pureté !....

# IV.

Hélas! tels sont tes coups, ô sort inévitable!
L'ébranlement fatal et le feu redoutable
    En un instant ont tout détruit!
D'une riche cité, que reste-t-il? La cendre!..
Eternel destructeur, le temps la fit descendre
    Dans les ténèbres de la nuit!

Ainsi règne la faim où régnait l'opulence !..
Que d'hommes sans asile ! A notre bienfaisance
    Quel vaste champ vient de s'ouvrir !..
Versons sur tant de maux un baume salutaire...
Dans un malheur public chacun est solidaire,
    C'est une sœur qu'il faut nourrir !


    Ses cris se tournent vers la France !
    Ah ! répondons par nos bienfaits !
    La charité, c'est l'espérance
Qui du destin jaloux vient émousser les traits !


    La charité, c'est la parole
    Qui tombe sur l'infortuné
    Comme un miel divin qui console,
Comme un rayon du ciel, de gloire environné !

C'est la main qui guide le monde ;
C'est le zéphir rafraîchissant ;
C'est la lumière qui féconde ;
C'est la moisson penchée, à l'épi jaunissant !


C'est le feu qui répand la vie ;
C'est l'étoile qui brille aux cieux ;
C'est l'amour que l'enfer envie ;
C'est une source aux flots purs et délicieux !....


Riches, soyez leur providence !
Laissez tomber un peu de pain
De votre table, où l'abondance
Vous verse les trésors échappés de son sein !


Pauvres, partagez le salaire
Des fatigues de chaque jour,
Et de Dieu la main tutélaire
Bénira votre obole à l'autel de l'amour !

Que partout pleuve avec largesse
La manne de la charité !..
Pour soulager tant de détresse,
Donnons !.. c'est un bonheur. Heureux qui l'a goûté ! !

# NOTES.

<sup>1</sup> Tu te levas serein !....

Toutes les lettres qui ont annoncé le désastre disent que le temps était magnifique, et que la température était très-douce, puisque le thermomètre ne marquait pas au delà de 22 degrés.

<sup>2</sup> Leur lave mugissante allume l'incendie.

Au tremblement de terre se joignirent des éruptions de flamme et d'eau s'élevant de toutes les crevasses du sol. Ainsi tous les éléments s'étaient réunis pour jeter la destruction sur la Guadeloupe. La mort se présentait à l'homme sous toutes ses formes et toujours hideuse et menaçante.

<sup>3</sup> Une horloge arrêtée est debout.....

Au milieu de cet ébranlement général, lorsque tous les édifices ne formaient qu'un amas de ruines, la tour de l'horloge est restée debout. L'aiguille du cadran, arrêtée à 10 heures 35 minutes, ressemble au doigt du temps fixé sur cet amas de décombres, comme pour témoigner de sa puissance et avertir l'homme de l'incertitude des heures qui lui restent à vivre.

<sup>4</sup> Que de rêves éteints dans cet immense drame !

Quelle serait la plume assez éloquente pour retracer, dans toute son horreur, la terrible majesté du désastre et ses fatales conséquences ? L'intelligence humaine ne saurait y suffire. Le commerce anéanti; les fortunes renversées; l'avenir, qui se présentait prospère et riant, rencontrant devant lui la barrière de la mort; la mi-

sère remplaçant l'opulence ; le deuil où régnaient la joie, l'espé-
rance et le bonheur ; les liens de famille rompus, le fils pleurant
son père, la mère sa fille, l'épouse son époux. Chacun cherchant
dans les décombres les dépouilles des êtres qui leur sont chers, et
la mer servant de sépulcre aux morts qu'on jetait dans son sein !
Il ne sera même pas réservé à ceux qui ont survécu, de goûter
la dernière consolation que la Providence donne à l'homme, celle
d'aller pleurer sur une tombe.

Bordeaux, imprimerie de Honoré GAZAY, rue Gouvion, 16.

www.ingramcontent.com/pod-product-compliance
Lightning Source LLC
Chambersburg PA
CBHW070913200626
46818CB00006BA/2504